Une potion magique pour la maîtresse

Du même auteur, dans la même collection :

L'amour c'est tout bête

Gilles Fresse
Illustrations de Thierry Christmann

Une potion magique pour la maîtresse

RAGEOT

À toute la tribu Rageot
et particulièrement à son grand sachem,
Caroline, qui m'a accordé sa confiance
voici déjà bien des lunes...

ISBN 978-2-7002-3543-2
ISSN 1951-5758

Loi n° 49-956 du 16-07-1949 sur les publications
destinées à la jeunesse.

Oncle Théo

Théo. Il paraît qu'en grec, ça veut dire dieu. Je ne crois pas que j'aurais aimé m'appeler Théo. Vous imaginez ?

– Dieu, est-ce que tu t'es brossé les dents avant d'aller te coucher ? Dieu, connais-tu par cœur tes leçons pour demain ? Dieu, as-tu pensé à mettre tes vêtements sales dans le panier à linge ?

Et ça, c'est uniquement pour le quotidien. Les gens demandent des choses beaucoup plus compliquées à Dieu vu qu'il est censé être capable d'exaucer la moindre prière. Déposer son linge sale dans un panier n'est pas vraiment un problème, se brosser les dents avant de dormir non plus.

Connaître ses leçons du lendemain par cœur est déjà plus compliqué surtout si, comme moi, on a la mauvaise habitude de laisser le bon cahier dans son casier.

Mais ce n'est rien à côté des soucis de Dieu qui, dit-on, doit s'occuper de tout, depuis la moindre brindille jusqu'au plus haut sommet en passant par la météo des plages et les épidémies de rougeole. À mon avis, ce n'est pas drôle tous les jours surtout que cela fait un moment que ça dure et que, d'après ce qu'on dit, ce n'est pas près de s'arrêter.

Mais je ne vois pas pourquoi je me ferais du souci à ce sujet puisque ce n'est pas moi qui m'appelle Théo. Moi, je me prénomme Léo. Je vais sur mes neuf ans et je suis en CE2.

Théo, c'est mon oncle. Il est savant. Attention ! Pas un de ces savants dont vous entendez quelquefois le nom à la radio ou qui passent au journal de vingt heures après avoir gagné le prix Nobel. Non, pas du tout. Un savant inconnu, travaillant dans un laboratoire encore plus inconnu.

Enfin quand je dis laboratoire, j'exagère peut-être un peu ! Il faut le voir pour le croire et pour le voir, réussir à y pénétrer !

Le premier exploit consiste à en ouvrir la porte. Mission très souvent impossible car le désordre qui y règne est bien pire que celui de ma chambre envahie par les aquariums et terrariums dans lesquels j'élève mes tortues, mes lézards et mes poissons rares.

La seule chance de rentrer dans le laboratoire de l'oncle Théo est de lui rendre visite après un jour de grand ménage.

De toute façon, Théo ne reçoit jamais de visiteurs. Cela s'explique.

Un : il n'est pas d'un abord très facile.

Deux : il est très rare qu'il réponde quand on lui pose une question.

Et trois : si par miracle il parvient à l'entendre de là-haut sur son nuage de savant, il y a de fortes chances pour qu'il réponde à côté :

– Comment vas-tu ce matin, oncle Théo ?

– J'hésite... À pied ou en bicyclette.

Décourageant, non ? Papa, qui est comédien, assure :

– Il est plus facile de jouer une pièce de Guignol devant un public de sourds-muets non voyants que de discuter avec Théo !

Il dit aussi :
– Quand les tristounets feront du vélo, Théo gagnera le Tour de France !

Je dois reconnaître que mon oncle n'est pas du genre comique. Jamais un sourire, jamais une plaisanterie. Toujours cet air sérieux et préoccupé derrière ses petites lunettes rondes dont on se demande bien comment il se débrouille pour voir à travers tellement elles sont sales.

Il passe tout son temps dans le sous-sol de la maison, enfermé dans son atelier. Il oublie souvent le repas de midi et même celui du soir.

Parfois, passionné par de longues recherches, il joue les taupes plusieurs jours de suite, entre ses quatre murs, dans sa caverne juste éclairée par la triste lumière de trois néons poussiéreux. Un vrai sauvage !

Le monde pourrait s'écrouler autour de lui qu'il ne s'en apercevrait pas. Il continuerait à marcher au milieu des ruines, tête baissée, en marmonnant dans sa barbiche des formules dont il a le secret, sans se rendre compte du désastre qui l'entoure.

Quelquefois, je m'amuse à l'épier depuis le jardin, par la petite fenêtre du sous-sol. Un sacré comique ! Une sorte de professeur Tournesol en chair et en os.

Jugez plutôt. Il se penche sur son microscope électronique puis se lève pour écrire des signes incompréhensibles au tableau.

Pensif, il se gratte la tête, laissant une bonne couche de craie sur son crâne dégarni. Quand il veut s'épousseter, il se passe un chiffon sur les cheveux sans s'apercevoir qu'il est plein de graisse !

Indifférent, il retourne à son expérience. Il s'empare d'un tube à essais. Il le remplit de petites gouttes puisées dans de nombreux flacons. Il mélange le tout en secouant et s'aperçoit qu'il s'est trompé dans sa solution. Alors, il vide le contenu du tube dans un pot de fleurs qu'il a confondu avec le lavabo.

Les fleurs ne l'aiment pas, oncle Théo. Moi, si. Je l'adore. Comme tout le monde à la maison d'ailleurs. Que ce soit ma mère, mon grand-père et même mon père malgré les blagues qu'il s'amuse à faire sur son dos. C'est bien simple : s'il n'existait pas, il faudrait l'inventer. Et là, une assemblée des meilleurs savants n'y suffirait pas !

En l'observant travailler, on serait en droit de se dire que ce drôle de numéro est un incapable. On se tromperait. C'est un as dans son domaine. Il en a imaginé des inventions ! Au dernier Noël, il nous en a offert une à chacun.

Maman a eu une montre parlante capable de donner l'heure qu'il est à n'importe quel point de la Terre.

Grand-père a reçu une brouette téléguidée pour travailler sans fatigue dans son jardin et papa, des chaussures dont les semelles peuvent grandir jusqu'à vingt centimètres. Elles lui sont très utiles pour le personnage qu'il incarne dans sa nouvelle pièce de théâtre.

Quant à moi, j'ai hérité d'un distributeur automatique de granulés pour mes tortues. Il est directement relié à un logiciel sur mon ordinateur qui calcule les rations au milligramme près !

La dernière trouvaille de Théo est une paire de lunettes qui permet de voir à travers les murs. Un jour, je les lui ai « empruntées » et je les ai essayées discrètement dans toute la maison.

Trop génial : de la cuisine, je pouvais guetter ce qui se passait dans le salon. J'ai même espionné grand-père aux toilettes et papa qui se rasait au-dessus du lavabo. C'était rigolo ! Il s'amusait à faire des grimaces en se regardant dans la glace. S'il s'était douté que je l'observais…

Mais personne ne sait que je connais l'existence de ces fameuses binocles, à part Clarinette, ma tortue préférée à qui je confie tout. Quand je lui ai raconté mes exploits, elle s'est mise à tourner en rond dans l'aquarium. Sûr qu'elle adorerait les essayer elle aussi. Elle a ouvert son bec à de multiples reprises comme pour me supplier :

– Allez, Léo, passe-les-moi !

Quelque temps après l'invention des lunettes, j'ai remarqué qu'une voiture noire passait et repassait sans arrêt devant la maison. Elle restait même stationnée de longues heures le long du trottoir qui borde la grille du jardin.

Deux hommes l'occupaient. Le premier portait toujours un chapeau gris et l'autre une casquette de velours à carreaux noirs sur fond blanc. À moins que ce ne soit l'inverse...

Je les trouvais louches, ces deux-là ! Qu'est-ce qu'ils fabriquaient à rôder autour de chez nous ?

J'étais sur le point d'en parler à papa ou à grand-père quand un soir, en rentrant de l'entraînement de foot, je me suis retrouvé nez à nez avec l'homme au feutre gris. Il tentait de battre le record du monde du cent mètres dans l'allée du jardin. Il avait une bonne raison à cela : il était poursuivi par Molière qui lui avait déjà arraché un morceau de son fond de culotte.

Molière, c'est notre chien, un briard très gentil que le moindre chapeau transforme en monstre féroce.

Cavalant plus vite que ce dont ses jambes étaient capables, l'inconnu s'est emmêlé les pieds et s'est étalé de tout son long. Heureusement pour lui, dans sa chute, il a perdu son chapeau et Molière s'est immédiatement désintéressé de l'homme pour massacrer le feutre gris à grands coups de griffes et de canines.

Soulagé de s'en tirer à si bon compte, l'autre s'est redressé aussi vite que l'éclair et il a sauté par-dessus la grille en laissant un nouveau bout de son pantalon sur les épines d'un rosier. Il a grimpé dans la voiture qui a démarré sans demander son reste.

J'étais cloué sur place au beau milieu du jardin quand Théo, suivi de près par grand-père, est sorti complètement affolé de la maison. Il ne m'a même pas vu et a couru droit vers le portail.

Il a rapidement atteint la rue. Trop tard. La voiture avait déjà disparu.

J'ai demandé à grand-père :

– Mais qu'est-ce qui se passe ?

– C'est rien, Léo. Des curieux sans doute…

Des curieux ? Tu parles de curieux ! Des espions, oui ! J'ai eu peur qu'ils aient volé les lunettes mais je n'ai pas posé de questions pour ne pas montrer que j'étais au courant de leur existence.

Quand Théo est rentré dans le jardin, il avait l'air encore plus triste que d'habitude et il marchait comme si on lui avait accroché une enclume de cent kilos sur les épaules. Il est passé devant nous sans prononcer un mot, ne nous accordant pas le moindre regard.

Il a regagné son sous-sol et n'en est pas remonté depuis.

Lorsqu'on descend, on bute sur un écriteau planté sur la porte :

SURTOUT NE PAS DÉRANGER.

J'ai bien tenté de jeter un œil par la petite fenêtre qui donne sur son laboratoire mais Théo l'a bouchée avec un plastique noir.

Une semaine ! Voilà une semaine que ça dure ! C'est long et je commence à m'inquiéter…

Bizarre ! Bizarre !

– Léo ! Tu veux encore des sardines ? m'a demandé papa en me tendant le plat.

– Non merci.

– Bon alors, je les termine.

Il allait planter sa fourchette dans le pauvre petit poisson grillé quand oncle Théo est arrivé. Nous qui nous attendions à voir surgir un Théo aussi maigre que triste, nous en sommes restés ahuris.

Pour une surprise, ce fut une surprise.

Tout d'abord, sa tenue : à la place de son habituelle blouse grise et crasseuse, Théo avait enfilé un costume écossais qui s'ouvrait sur un nœud papillon vert pomme. Un superbe œillet rouge était coincé dans la boutonnière. Il avait aussi échangé ses éternels godillots contre une paire de chaussures noires à pointes blanches. Exactement celles des gangsters américains dans les séries télé.

Ensuite, son entrée. Il est apparu en lançant un tonitruant :

– Hello, les nases ! Ça gaze ?

On est restés sans voix. La rime lui a plu et il s'est assis à sa place habituelle en riant. Il a reculé sa chaise pour mieux installer ses pieds sur la table, tout près du plat de sardines. Il a lissé ses chaussures d'un revers de la main pour en chasser une poussière imaginaire et nous a demandé :

– Que dites-vous de mes pompes, les mecs ? Grandioses, non ?

HUILE D'OLIVE

Personne ne lui a répondu. Inquiet, j'ai regardé maman qui a regardé papa qui a regardé grand-père.

– Et mon costard ? Vous avez vu la classe de mon costard ? a poursuivi Théo.

C'est papa qui a réussi à desserrer les mâchoires le premier. En bon acteur, il n'a pas eu trop de difficultés à simuler un air enjoué :

– Il est superbe, Théo ! SU-PER-BE !

Théo lui a accordé un bref sourire de reconnaissance avant de mettre en route son moulinet à paroles. Il a commencé à parler, parler, parler… Comme s'il avait voulu rattraper le retard accumulé durant ses longues années de silence.

Le plus inattendu, c'étaient les mots d'argot qu'il employait. Je n'en comprenais pas la moitié. Combien de temps cela a-t-il duré ? Une demi-heure ? Une heure ? Je ne le sais pas mais c'est bien simple, il racontait ce qui lui passait par la tête sans aucune retenue.

Pour terminer, il s'est levé de table en nous jetant :

– Bon, c'est pas le tout, les gars, mais faut que j'me tire ! Vu le boulot qui m'attend demain, vaudrait mieux que j'aille me pieuter ! Allez, salut les potes !

Imperturbable, il est sorti tranquillement de la cuisine en braillant une chanson bourrée de gros mots. Ne comptez pas sur moi pour la répéter ici. La porte a claqué.

Après quelques secondes de stupeur, maman s'est mise à pleurer en silence au-dessus de l'assiette qu'elle n'avait pas eu le cœur de terminer.

Grand-père et papa se sont levés pour le suivre de loin. Je les ai accompagnés.

Théo était parvenu en haut de l'escalier et se dirigeait vers sa chambre. Il y est entré. Depuis le couloir, derrière la porte fermée, on a entendu encore quelques sifflements et de légers bruits puis, plus rien.

Maman nous a rejoints. Elle avait l'air de plus en plus inquiet.

– On devrait aller voir ce qu'il fait ! nous a-t-elle suggéré.

– Tu as raison. Allons-y ! a confirmé grand-père.

À l'intérieur, allongé sur sa couette, Théo dormait comme un bienheureux. Un large sourire éclairait son visage calme et détendu. Il n'avait pas pris la peine de se déshabiller et son bel œillet rouge était remonté juste sous son nez.

Nous sommes ressortis de la chambre sur la pointe des pieds pour regagner la cuisine.

Un silence pesant s'est installé. Maman l'a rompu la première :

– Il faut appeler un médecin !

Papa lui a répondu d'un ton qui se voulait rassurant :

– Mais non. Ce n'est rien de grave. Il a peut-être juste bu un petit coup !

– Non ! l'a contredit grand-père. Impossible ! Théo est allergique à l'alcool ! Il ne supporte pas la moindre goutte !

– Attendons demain pour voir la tournure que prendront les événements, a proposé papa. De toute façon, il n'y a pas urgence, il semble être en excellente santé.

– Oui, c'est vrai, a confirmé grand-père. Le mieux est encore d'aller se coucher et de réfléchir à tête reposée. La nuit porte conseil.

Nous sommes allés dormir. J'ai eu un mal de chien à trouver le sommeil. Je repassais dans ma tête les moindres moments de cette drôle de soirée. Qu'était-il arrivé à Théo ? Qu'est-ce qui lui avait pris ? Était-il en train de devenir fou après une semaine passée en solitaire dans son laboratoire ?

Lorsque j'ai fini par m'endormir, un rêve bizarre m'est tombé dessus. J'étais allongé et Théo me dominait. Il semblait beaucoup plus grand que sa taille habituelle. Dans un sourire mauvais, il me tendait son nœud papillon.

– Tiens, Léo, essaie-le !

Mais, au lieu de me le passer autour du cou, il le posait sur mes yeux. Les ailes du papillon se transformaient en lunettes. Toujours au-dessus de moi, Théo me scrutait d'un air sévère en me grondant méchamment :

– Espèce de sale mioche ! T'aurais jamais dû me piquer mes lorgnons !

Le lendemain matin, la famille s'est réveillée de bonne heure, même papa qui n'est pourtant pas du genre matinal. On était tous impatients d'assister à l'arrivée de Théo.

Il est apparu sans costume et sans ses chaussures de gangster. Mon père lui a demandé :

– Comment vas-tu ce matin ?

Il a répondu :

– Vers l'avant, toujours vers l'avant !

On a tous éclaté de rire : Théo était redevenu Théo. Il nous a regardés avec son air habituel de n'y rien comprendre puis il est descendu vers son domaine souterrain.

– Vous voyez bien qu'il n'y avait pas de quoi s'inquiéter ! a souri papa.

– Quand même ! Tout cela me paraît louche, a répondu maman en se tripotant l'oreille, ce qui chez elle est un signe de réflexion intense. J'ai l'impression qu'il n'a gardé aucun souvenir d'hier soir.

Elle avait raison, maman : Théo réagissait comme s'il ne s'était rien passé…

La Grise

La première partie de la journée a été tout à fait ordinaire : d'abord le bus, puis les copains puis l'école puis la salle de classe.

Mlle Grisard, « la Grise » comme on l'appelle, est entrée dans la classe de son petit pas pressé. Elle s'est plantée devant le tableau et nous a regardés.

À ce moment très précis, nous devons prononcer en chœur :

– Bonjour, mademoiselle Grisard !

Les plus courageux ont osé un « Bonjour, mademoiselle la Grise ! » en essayant de rester le plus naturel possible et en prenant garde de ne pas le dire trop fort.

Elle a esquissé ce qui devait être le début d'un sourire mais qui ressemblait plutôt à une grimace en répondant :

– Bonjour, mes enfants ! Vous pouvez vous asseoir.

Elle a saisi sa longue baguette et a commencé ses allers et retours dans la classe. Elle n'arrête de marcher que lorsqu'elle écrit au tableau ou qu'elle s'assoit derrière son bureau. C'est assez rare et sa chaise ne doit pas être très usée.

Benjamin, mon meilleur copain, prétend qu'elle s'entraîne à la marche à pied, pour le 50 km des prochains jeux olympiques.

Il ajoute en rigolant qu'elle court dans la catégorie des vieilles biques et qu'elle est impossible à battre.

Nous étions lundi. Pas besoin de le lire au tableau pour s'en apercevoir : elle avait mis son tailleur gris. Le mardi, elle porte un tailleur noir. Jeudi, le marron et, vendredi, un vert qui tire sur le caca d'oie. C'est comme ça toutes les semaines…

C'est Vincent, mon autre meilleur copain, qui l'a remarqué le premier. Au début de l'année, chaque matin, nous prenions des paris dans la cour sur la couleur du tailleur de la Grise. Il gagnait à chaque fois et nous narguait avec ses poches bourrées de bonbons. On a fini par ne plus parier avec lui et c'est alors qu'il nous a révélé les habitudes vestimentaires de la maîtresse la plus détestée au monde.

– Vincent ! Que fabriques-tu avec cette règle ? Nous n'en avons pas besoin pour l'instant, que je sache !

Faute de mieux, mon meilleur copain a bredouillé :

– Euh... Je m'excuse, mademoiselle, je... je...

– Il n'y a pas d'excuses qui tiennent ! Avertissement ! a lâché la Grise de sa voix acide en sortant un petit carton jaune de la poche droite de sa veste.

Gaffe, Vincent ! La prochaine fois c'est le carton rouge : la punition.

– Sortez vos cahiers du jour ! nous a-t-elle ordonné sèchement. Aujourd'hui, nous allons revoir le H majuscule car j'ai remarqué que pas un d'entre vous, à part Bérangère bien sûr, ne sait l'écrire correctement.

La Grise s'est approchée du tableau de gauche, celui où sont tracées les interlignes, et en a écrit un superbe. Jamais je n'arriverais à en produire un aussi beau ! Enfin, j'ai essayé. J'ai regardé Benjamin deux rangs sur le côté. Il était si concentré que sa langue sortait de sa bouche.

– Benjamin ! Rentre-moi cette vilaine langue !

Incroyable ! Elle remarquait vraiment le plus petit détail. Elle a repris sa marche et le bruit angoissant de ses talons claquant sur le parquet s'est arrêté derrière moi. Elle a regardé par-dessus mon épaule. Je me suis appliqué un maximum pour réussir ces saletés de H tortueux à souhait. Ouf ! Ça devait aller car elle s'est éloignée sans rien me dire.

La matinée s'est plutôt bien passée, je n'ai reçu aucun avertissement. L'après-midi a été moins paisible : j'ai récolté ma punition quotidienne. Pourtant, je ne l'ai pas fait exprès. Enfin pas trop.

Depuis une dizaine de minutes, une saleté de mouche m'embêtait. La maudite bestiole se promenait sur ma table, inspectait le contenu de ma trousse et me chatouillait le bout du nez. Alors, quand enfin elle s'est posée sur la nuque de ma voisine de devant, cette petite peste de Bérangère, je n'ai pas hésité. Vlan ! Coup double !

J'ai eu la mouche et... Bérangère. La chouchoute s'est mise à hurler et à pleurer comme si je lui avais déboîté l'épaule alors que je l'avais à peine effleurée. La Grise ne m'a pas raté : cent fois « Je ne dois pas frapper ma voisine de devant quand la maîtresse, mademoiselle Grisard, écrit au tableau le résumé de la leçon de géographie sur les fleuves français. »

Elle a inscrit mon nom sur la liste des punis, une feuille nuisible qui ne quitte jamais le coin de son bureau.

C'est Vincent qui a récolté la quatorzième et dernière punition de la journée. Il s'était tenu à carreau depuis son avertissement mais, à dix minutes de la sonnerie, il s'est fait pincer à regarder par la fenêtre les CM2 qui jouaient au basket dans la cour.

Forcément, ça donne envie ! Le sport est une matière inconnue pour la Grise. Il a fallu que ça tombe sur nous. Quand je pense aux petits veinards de l'autre CE2 qui ont M. Gerzaguet. Il joue tous les jours de la guitare en classe, la chance !

Je suis rentré de l'école d'humeur maussade. Pour couronner le tout, la maison était vide. J'ai horreur de ça. Des petits mots aimantés sur la porte du réfrigérateur m'apprenaient que je devrais rester seul ce soir-là.

Grand-père était déjà parti boire un verre avec ses amis avant d'assister à un match de boxe (il est ancien champion de France de boxe amateur).

Maman avait été retenue à dîner par le maire après sa conférence sur la protection de la couche d'ozone.

Quant à papa, ce soir, il jouait Cyrano de Bergerac, l'homme au nez qui n'en finit pas, une sorte de cousin de Pinocchio.

La solitude a quand même des avantages : j'allais pouvoir écrire ma punition bien tranquillement devant la télé au lieu de la faire en secret dans ma chambre.

Il ne me resterait plus qu'à parachever mon œuvre en imitant la signature de maman et le tour serait joué ! Tous les copains le font. Si on devait faire signer chaque punition que nous colle la Grise... Je n'en montre qu'une de temps en temps pour que ça paraisse normal.

J'en étais à ma vingt-septième ligne quand oncle Théo est entré dans le salon. Il était habillé comme la veille au soir, costume écossais, nœud papillon et chaussures de gangster. Il m'a demandé d'un air enjoué :

– Alors, mon p'tit Léo, qu'est-ce que tu bidouilles ?

J'ai compris qu'il faisait une rechute.

– Euh... Une punition, oncle Théo.

– Une punition ? Quelle horreur ! s'est-il égosillé. Gâcher son temps pour des bêtises pareilles ! Passe-moi ça !

Avant que je ne puisse réagir, il s'est emparé de ma feuille déjà bien remplie. Il l'a déchirée en petits morceaux. Il les a jetés en l'air en hurlant joyeusement :

– Étoile des neiges, mon cœur amoureux…

J'étais vert de rage. Furieux, je lui ai crié :

– Théo ! Ma feuille ! Je suis obligé de tout recommencer maintenant !

– Recommencer ? T'es dingue ou quoi ? Je t'interdis de copier des imbécillités pareilles !

– Je dois rendre cette punition demain matin, Théo ! Sinon la Grise va me la doubler !

– La Grise ? C'est qui celle-là ?

– Mademoiselle Grisard. Ma maîtresse.

– Ah, ta maîtresse. Mais c'est un vrai bourreau d'enfants ! Comme si vous n'aviez pas mieux pour vous occuper...

Il s'est lancé dans un très long discours. Je n'ai pas retenu tout ce qu'il a dit mais ce n'était pas idiot. En gros, il a raconté que la vie était bien trop courte pour qu'on la gaspille à tort et à travers et qu'il fallait en profiter un maximum tant qu'on en avait le temps.

Théo s'est arrêté brusquement et une lueur étrange a pétillé dans son regard. Son excitation avait encore grimpé d'un cran.

– Viens avec moi, Léo ! Je vais te montrer quelque chose.

Naturellement, je l'ai suivi, et c'est là que les ennuis ont vraiment commencé…

La lettre

Nous sommes descendus dans son laboratoire. Oncle Théo, au comble de l'agitation, bousculait tout sur son passage et répétait sans cesse :

– Tu vas voir ! Tu vas voir ce que tu vas voir !

Il me fichait un peu la trouille mais j'essayais de garder mon calme en le suivant silencieusement.

Qu'avait-il donc à me montrer ? C'était bien la première fois qu'il m'invitait à le suivre dans son atelier. Nous nous sommes arrêtés devant une grande table en inox, encombrée d'une multitude de récipients. Théo a farfouillé quelques secondes avant de s'emparer d'un petit flacon qu'il a soulevé avec beaucoup de précautions.

– Ah, te voilà ! a-t-il murmuré dans sa moustache comme s'il s'adressait à la minuscule bouteille.

Il a observé son contenu, un liquide incolore, à la lumière du néon. Satisfait de son examen, il m'a expliqué :

– Regarde bien, Léo. C'est la potion du bonheur. Elle réjouit les tristes, met à l'aise les timides, amadoue les méchants.

Et tout cela sans aucun risque ! Aucun, tu m'entends ! Je cherchais un autre cobaye que moi pour l'essayer et grâce à toi, je l'ai trouvé !

Grâce à moi ? Je n'avais rien à voir avec ses expériences, moi !

– Ta maîtresse me paraît la personne idéale, a-t-il poursuivi. Si elle est aussi acariâtre que tu le prétends et que ma mixture fonctionne sur elle, alors ce sera la preuve de son efficacité.

– Sur la Grise ? Tu veux l'essayer sur la Grise ?

– Oui, évidemment !

– Mais, Théo, on ne peut pas faire une chose pareille. C'est pas possible !

– Si, c'est possible ! Mon produit ne sent rien. Il suffit d'en respirer quelques gouttes pour voir la vie en rose. Écoute bien ! Voilà ce que nous allons faire : je vais écrire une lettre à ta vieille taupe de maîtresse et sur cette lettre, je vaporiserai quelques gouttes de mon liquide.

Puis je mettrai le tout dans une enveloppe et toi, tu n'auras plus qu'à la lui remettre demain matin. Tu marches dans la combine ?

– Tu en as de bonnes, toi. Si je me fais pincer, je vais mourir étouffé sous des tonnes de punitions !

– Puisque je te dis que tu ne risques rien. D'ailleurs, si ça tourne mal, je te promets de me dénoncer. Je te couvrirai en prétendant que je t'ai forcé.

J'ai essayé d'imaginer la tête de la Grise quand elle aurait reniflé la formule. Si elle réagissait aussi bien qu'oncle Théo, ça risquait d'être très rigolo. Et les copains ? Ça leur ferait une sacrée belle surprise… Théo a insisté :

– Alors, t'es partant ?

– D'accord, Théo. Je suis okay.

Il m'a sauté au cou pour m'embrasser :

– Formidable ! Tu es mon neveu préféré ! Bon, on l'écrit cette lettre ?

– On l’écrit et en plus, on va y coller un maximum de fautes d’orthographe. C’est pas tous les jours qu’on peut écrire comme on veut !

Mademoizelle Grisare,

Vous zaver donner une punission à mon neuveu. Il ne la méritai pas car il ma espliquer que ce nétai pa sa fôte. Il la feura donque pas. Je passerez vous voire à lécole pour vous espliquer tout.

Théo Mallais

Une fois la lettre terminée, Théo est allé chercher une pipette, comme celle avec lesquelles on mesure les doses de certains médicaments.

Il m'a ordonné de me boucher le nez et de ne plus respirer avant de prélever une dizaine de gouttes de sa préparation. Il les a déposées sur la lettre, l'a glissée dans une enveloppe qu'il a immédiatement refermée.

Puis, il a écrit dessus :

Mademoiselle Grisard
Classe de CE2
École primaire Jacques-Prévert

Ensuite, on est remontés et j'ai placé la lettre dans mon sac, entre les pages de mon livre de français. Après, nous nous sommes préparé des crêpes monstrueuses dans lesquelles on a mis des tas de mélanges bizarres : chocolat-ketchup, confiture de fraises-gruyère, pommemunster (ces dernières étaient particulièrement succulentes)...

Oncle Théo n'a pas arrêté de plaisanter. Il m'a raconté des tas d'histoires plus drôles les unes que les autres. Jamais je n'aurais pu imaginer qu'il soit si rigolo.

Mais, tout à coup, comme la veille au soir, il m'a laissé avec la vaisselle sale et il est monté dans sa chambre.

Moi, après la vaisselle, je suis allé expliquer nos exploits à Clarinette. Elle n'a pas eu l'air d'apprécier et je crois que c'est ça qui m'a fichu les pétoches. J'ai réfléchi et j'ai renoncé. Non, je ne pouvais pas faire ce que m'avait demandé Théo.

C'était simple, je n'avais qu'à me débarrasser de la lettre. De toute façon, demain matin, il ne se souviendrait plus de rien.

Et si par malheur la mémoire lui revenait, je lui affirmerais que j'avais suivi ses instructions à la lettre mais que la potion magique n'avait eu aucun effet sur la Grise.

Mince ! La punition ! Je devais recommencer ma punition !

Le mal de ventre m'a pris juste au moment où je la terminais. C'étaient sûrement les crêpes, ou plutôt ce qu'on avait tartiné à l'intérieur qui ne passait pas. Ou peut-être la lettre qui me tarabustait ? J'aurais voulu la détruire tout de suite, seulement ma tête s'est mise à tourner et je suis allé vomir.

J'ai été malade une grosse moitié de la nuit et j'ai dû me relever plusieurs fois. Mais j'ai tenu bon et je n'ai rien avoué de la crêpes-party à maman. La pauvre s'inquiétait de savoir ce que nous avions mangé ce soir-là…

Ça se gâte !

Le lendemain matin, bouche pâteuse et léger mal de tête, j'allais légèrement mieux mais je n'étais pas au top de ma forme. J'avais les idées un peu embrouillées et ce n'est qu'après le petit-déjeuner, léger bien sûr, que je me suis souvenu de la lettre. Je devais absolument la détruire.

La cheminée du salon, évidemment ! Papa avait l'habitude d'y brûler les vieux papiers et les prospectus.

Je suis allé prendre l'enveloppe à l'intérieur de mon sac et je me suis dirigé vers le salon. Je tendais la main vers la boîte d'allumettes lorsque maman a pointé le bout de son nez. Elle m'a embrassé en me demandant :

– Alors, mon petit Léo, ça va mieux ce matin ?

J'ai caché la lettre sous mon pull et tout à ma panique, je lui ai donné la mauvaise réponse :

– Beaucoup mieux, maman.

Si j'avais réfléchi un tout petit peu, j'aurais dû lui répondre :

– Bof, pas vraiment...

Et le tour aurait été joué. Je serais resté à la maison et j'aurais eu la journée entière pour me débarrasser de ce satané courrier.

Maman, le sourcil froncé, a insisté :

– Tu es sûr ? Je te trouve encore pâlichon.

Je me suis enfoncé davantage :

– Mais non, maman ! Je te jure que ça va bien.

J'ai foncé vers la cuisine pour mettre un terme à cette conversation stressante. La lettre tenait par miracle entre mon pull et mon tee-shirt. Imaginez le désastre si elle tombait par terre, sur les pieds de ma mère. Elle m'a emboîté le pas :

– Est-ce que ça s'est bien passé avec oncle Théo, hier soir ?

– Super, maman. Super. Vraiment rien à signaler.

Elle m'a arrêté en posant une main sur mon épaule. Me fixant droit dans les yeux, elle a constaté d'un ton soupçonneux :

– Dis donc, tu n'es pas très bavard, ce matin.

Et boum ! En plein dans le mille ! Mais comment se débrouille-t-elle pour flairer immédiatement si quelque chose ne tourne pas rond ? Est-ce que votre mère est construite sur le même modèle ?

J'ai regardé ma montre et, histoire de couper court aux questions gênantes, j'ai simulé un air affolé :

– Faut que je me dépêche, maman, sinon je vais être en retard à l'école.

– Je t'y emmène si tu veux.

C'est ça, oui ! Et tu me poses une question gênante par seconde durant tout le trajet ! Niet, nein, no. Vite, une idée géniale.

– Non, non. Pas la peine, je dois passer prendre Vincent.

– D'accord ! Alors à ce soir, mon petit Léo.

Ouf ! J'ai attrapé mon blouson et mon cartable et j'ai filé dans la rue sans demander mon reste.

Je me suis mis à la recherche d'une poubelle dans laquelle jeter mon enveloppe mais, dans mon quartier, elles sont aussi rares qu'une expression gentille sur le visage de la Grise. Pas très loin de l'école, j'en ai enfin déniché une, splendide et débordante de papiers gras. Une merveille : exactement ce qu'il me fallait.

J'ai jeté un regard alentour et j'ai glissé la lettre sous une épaisse couche de détritus. Puis le cœur léger et un bon poids en moins sur l'estomac, j'ai rejoint mes meilleurs copains dans la cour de l'école.

Nous sommes rentrés en classe. Les punis de la veille ont remis leurs travaux forcés après le traditionnel « Bonjour, mademoiselle Grisard ! ».

Tout s'est bien passé jusqu'à dix minutes de la récréation. On était en pleine dictée lorsque les choses se sont gâtées. Je me battais en duel avec le nombre de r et de s du mot intéressant quand, tout à coup, on a frappé à la porte. Jusque-là, rien d'anormal.

La Grise a dit « Entrez ! » sur un ton qui aurait fichu la trouille à Spiderman en pleine action et M. Leroux, le concierge de l'école, est apparu, une enveloppe à la main.

Et quelle enveloppe ! La mienne ! Celle que j'avais eu tant de mal à jeter et que j'avais pris soin d'enfouir au plus profond d'une poubelle !

J'ai ressenti une brusque envie de pleurer, autant de rage que d'inquiétude. J'étais maudit, poursuivi par la malchance. Mais comment était-ce possible ? Comment cette horrible lettre était-elle parvenue entre les doigts de M. Leroux ?

Ça, je ne l'ai appris que beaucoup plus tard.

Gaspard, le célèbre clochard du quartier, grand expert en autopsie des poubelles, l'avait découverte et, espérant toucher une petite pièce pour sa bonne action, il l'avait apportée à monsieur Leroux.

Celui-ci s'était alors empressé de la remettre à la Grise.

Elle a considéré avec un étonnement mêlé de dégoût l'ignoble morceau de papier froissé et constellé de taches de graisse.

Elle l'a pris du bout des doigts et l'a posé sur un coin de son bureau, juste à côté de la liste des punis qui, à ma grande angoisse – et ce serait là moindre mal – n'allait pas rester vierge bien longtemps. Elle a ensuite remercié M. Leroux qui a détalé sans demander son reste.

La dictée a repris. Pendant que la Grise lisait le texte de sa voix aigrelette, mon stylo, entre mes doigts moites, refusait d'obéir aux ordres que mon cerveau n'était plus capable de lui transmettre.

Je louchais constamment vers le coin du bureau en tentant d'évaluer la distance exacte qui séparait Mlle Grisard de l'enveloppe.

À chaque fois que ses pas s'en approchaient dangereusement, le jeu de castagnettes de mes jambes s'accélérait. C'était l'instant le plus affreux de mon existence. J'aurais tout donné pour ne pas me trouver là. Mes tortues, mes lézards, mes poissons rares. Tout !

La sonnerie m'a fait sursauter. Ma peur a redoublé : c'était à coup sûr le moment dont profiterait la Grise pour lire le petit mot d'oncle Théo. J'étais cuit, fini, condamné aux travaux forcés à perpétuité !

La récréation a été épouvantable. Je l'ai passée enfermé dans les toilettes, redoutant à chaque instant d'entendre M. Leroux crier :

– Léo Mallais ! Dans le bureau du directeur !

Étonnamment, le concierge est resté muet et c'est sur des jambes de plus en plus tremblotantes que j'ai regagné silencieusement la salle de classe. Dans les rangs, Vincent m'a demandé :

– T'étais où ? Je t'ai cherché partout !

J'aurais bien aimé lui répondre mais mes mâchoires ont refusé de se desserrer...

Pour la Grise hip hip hip...

Comme d'habitude on a attendu, droits comme des I derrière nos chaises, que la Grise nous autorise à nous asseoir. Ce jour-là, elle nous a observés en riant et a dit à la surprise générale :

– Ben alors, mes p'tits loups ! Vous allez rester plantés comme ça jusqu'à la saint-glinglin ? Qu'est-ce que vous attendez pour poser vos derrières ?

Tout le monde s'est dévisagé d'un air ahuri en se demandant ce qui lui arrivait. Je me suis joint à l'étonnement collectif, jouant à l'idiot, mais je savais bien que la potion avait pleinement rempli son rôle. Ce n'était que le début, la machine était en marche.

Nous avons fini par poser nos derrières, comme elle nous l'avait si gentiment proposé. Chaque mardi, après la récré, c'est calcul. Bérangère a évidemment sorti son cahier la première et nous l'avons imitée.

– Mais qu'est-ce que je vois là ? s'est écriée la Grise. Des cahiers ! Et de calcul en plus ! Voulez-vous bien me ranger ces horreurs tout de suite, bande de ouistitis à roulettes !

C'est Benjamin qui a osé rire le premier et, quand les autres ont constaté que la Grise riait aussi, ils s'y sont tous mis.

Moi, au début, je suivais le mouvement, histoire de passer inaperçu. Puis, progressivement, j'ai fini par rire de bon cœur.

Comme elle venait d'évoquer les ouistitis, elle a demandé :

– Qui connaît le cri du ouistiti ?

– Moi, mademoiselle ! a répondu Vincent.

Et sans se dégonfler, il a commencé à tourner dans la classe en imitant leur démarche et en poussant des cris de guenon.

Benjamin s'est lancé à sa poursuite. Ils couraient et sautaient sur les tables, se faufilaient en-dessous des bancs, se roulaient par terre en s'envoyant de faux coups de griffe.

Vincent a fini par se dresser debout sur le bureau de la Grise. Benjamin tentait sans succès de lui voler sa place.

Dans la bagarre, la liste des punis a mystérieusement disparu dans la poche de Vincent. Je crois que c'est ça qui a déclenché le chahut général. À part Bérangère qui faisait sa mijaurée, tout le monde participait au délire. La Grise riait comme une folle.

La classe s'était maintenant divisée en deux clans : ceux qui comme moi avaient rejoint Vincent, et les autres, au fond de la salle, qui s'étaient ralliés à Benjamin.

Nous avons profité de notre position stratégique près du tableau pour bombarder de craies la tribu adverse.

Il y en a même un qui a trempé l'éponge dans le seau avant de la balancer sur l'ennemi. C'est Bérangère, restée au milieu, qui l'a prise en plein visage. J'ai repensé à l'oncle Théo qui, l'autre soir, avait fredonné : « Et vlan, passe-moi l'éponge ! ».

Je n'y ai pas songé bien longtemps car les autres avaient déjà organisé la réplique. Ils s'étaient emparés de tout ce qui leur tombait sous la main. Les objets les plus divers s'écrasaient sur le tableau et sur les murs. Le combat s'annonçait féroce.

Vincent, le plus brave des braves, toujours en première ligne, a reçu une cartouche d'encre éclatée sur la poitrine. Il s'apprêtait à riposter avec le seau d'eau plein lorsque la Grise, que nous avions complètement oubliée, s'est brusquement levée de la chaise d'où elle comptait les points. Elle a simplement mis son doigt devant sa bouche pour nous imposer le silence. Son visage s'était fermé, sévère.

Nous avons regagné nos places en quatrième vitesse. Plus un bruit ne filtrait. Seule, au plafond, une lampe touchée par un projectile se balançait en couinant doucement. Aïe, aïe, aïe... La suite s'annonçait terrible. Il y avait des tonnes de punitions dans l'air.

Mais l'air menaçant de la Grise a disparu aussi vite qu'il était apparu et elle s'est dirigée vers l'armoire du fond. Elle en a sorti un étui noir et poussiéreux qu'elle a posé sur son bureau. Elle l'a ouvert et nous avons découvert, hébétés, un superbe violon. Elle l'a coincé sous son menton et, après l'avoir accordé, s'est lancée dans une folle sarabande, tapant la mesure de son pied droit.

Le violon pleurait et riait sous ses doigts qui se déplaçaient le long du manche avec une agilité incroyable. Une véritable virtuose. C'était vraiment très beau.

La Grise a reposé son instrument et nous avons tous applaudi. Elle a salué son public d'un bref mouvement du torse :

– Merci, mes mignons. Bien ! Et maintenant, si nous prenions un peu d'exercice ?

Benjamin, qui n'avait pas compris le sens de ses paroles, a protesté :

– Oh, non, mademoiselle ! La musique c'est plus chouette que des exercices !

– Mais non, gros nigaud ! a-t-elle rectifié en souriant. J'ai dit de l'exercice, pas des exercices !

Dans le soupir de soulagement qui a suivi, elle est repartie vers son armoire à merveilles. Qu'allait-elle en extirper à présent ? Des haltères ? Un punching-ball ? Un mini trampoline ?

Non. Un ballon. Un simple ballon de foot.

Un hourra gigantesque a salué cette découverte fabuleuse. Bérangère a cru bon de demander :

– Et le calcul, mademoiselle ?
– Eh bien aujourd'hui, Bérangère, nous calculerons les trajectoires du ballon !

Nous sommes descendus dans la cour et nous avons formé les équipes. Dans la mienne, on était un de plus alors la Grise a annoncé sans façon :
– Ce n'est pas grave. Je jouerai avec les autres.
La partie a débuté. La Grise ne se défendait pas trop mal. Elle était surtout très difficile à dribbler. La mi-temps est arrivée alors que M. Follet, le directeur, apparaissait à la fenêtre de son bureau.
Le match a repris. Pas pour longtemps. Une dizaine de secondes à peine. Vincent a voulu me passer le ballon. La Grise l'a intercepté !

Mais au lieu de le garder dans les pieds comme aurait fait n'importe quel footballeur digne de ce nom, elle a shooté de toutes ses forces dans la balle qui s'est élevée, a plané dans les airs avant de terminer sa course dans les vitres du bureau de M. Follet.

Le pauvre, toujours en observation derrière ses carreaux, n'a eu que le temps de s'accroupir. Nous, on n'en menait pas large mais la Grise, loin de s'affoler, a attrapé un fou rire.

Quand le directeur est arrivé dans la cour, sa démarche rapide et saccadée en disait long sur son énervement. La Grise l'a accueilli à bras ouverts :

– Les enfants ! Voici ce bon monsieur Follet qui vient taper la balle avec nous ! Vous voulez jouer à quel poste ? Avant, milieu ou arrière ? Vous préférez les buts peut-être ?

L'irritation du directeur s'est brusquement changée en inquiétude.

– Est-ce que ça va, mademoiselle Grisard ? a-t-il demandé.

– Très bien, très bien, mon cher Adolphe ! a répondu la Grise en esquissant quelques pas de danse. Je ne me suis jamais autant amusée !

M. Follet a continué :

– Veuillez me suivre, mademoiselle. Nous allons monter dans mon bureau.

– Et pourquoi donc ?

– J'ai quelque chose de très intéressant à vous montrer, a-t-il insisté malicieusement.

– Dans ce cas, allons-y vite ! Je meurs de curiosité.

Ils se sont éloignés et ont disparu dans l'escalier.

C'est M. Prusset, le maître des CM1, qui nous a pris en main. Vu l'état de délabrement avancé de notre salle de classe, on a juste emporté nos affaires et on s'est installés en BCD.

On a eu le droit de prendre un bouquin en attendant que M. Prusset aille chercher le concierge pour qu'il nous surveille.

Durant son absence, chacun y allait de son commentaire :

– La Grise est devenue dingue !

– Ou bien elle a trop bu !

– Penses-tu, elle a pris un coup sur la tête pendant la récré.

– Un coup de baguette magique alors ! Parce que c'était le top de chez top !

– Si seulement ça pouvait être aussi génial tous les jours.

– Taisez-vous ! Leroux s'amène.

M. Leroux nous a gardés le reste de la matinée et, vers onze heures et demie, le directeur est venu nous annoncer que nous aurions un remplaçant l'après-midi même. Personne n'a osé lui demander des nouvelles de Mlle Grisard, alors que cette question nous brûlait les lèvres.

Nous sommes descendus à la cantine pour manger. La nouvelle avait déjà fait plusieurs fois le tour de l'école : la Grise avait été victime d'une crise de folie, elle serait enfermée dans un asile exprès pour les profs qui ont disjoncté, une ambulance était venue la chercher. Et patati et patata...

Des ragots insensés couraient parmi les tables, c'était à celui ou à celle qui sortirait la plus grosse énormité. Le phénomène prenait des proportions incroyables et ce n'était que le début du cataclysme. Lorsque les parents seraient au courant, les ennuis commenceraient vraiment.

J'avais le moral à moins dix. Il était à peu près certain qu'on finirait par découvrir que j'étais à l'origine de ce méli-mélo. Sale moment en perspective. J'imaginais déjà M. Follet tournant autour de moi comme un vautour avant de fondre sur sa proie. Le regard mauvais par-dessus ses lunettes, les mains croisées derrière le dos, il me poserait un tas de questions auxquelles j'aurais les pires difficultés à répondre. Et pour terminer, en bouquet final de l'interrogatoire, il décrocherait son téléphone :

– Allô ! Madame Mallais ? Votre fils Léo est renvoyé de l'école…

Ça se présentait très mal ! J'avais beau tourner et retourner le problème dans tous les sens, je ne voyais guère que deux solutions.

La première : fuir. Le plus vite et le plus loin possible. Loin des ennuis qui ne tarderaient pas à me tomber dessus. Mais où aller ? N'importe où pourvu qu'on ne m'y retrouve pas.

Et maman et papa ? Et grand-père ? Je ne pouvais pas leur infliger ça ! Ils mourraient d'inquiétude.

La deuxième : leur raconter l'histoire de A jusqu'à Z. Eux seuls pouvaient me tirer de ce mauvais pas. Il fallait leur parler, leur avouer. Comme dit grand-père : « Quand on commet une erreur, on doit tout mettre en œuvre pour tenter de la réparer ».

Il en a de bonnes, grand-père, parce que ça, c'est plus facile à dire qu'à faire !

Ça passe ou ça casse !

Pas vraiment fier, j'ai ouvert le portail du jardin et j'ai remonté l'allée en traînant des pieds sur le gravier. Molière est venu fêter mon arrivée à grands coups de queue dans mes jambes.

Je n'ai même pas éprouvé l'envie de le caresser. J'avais retardé au maximum l'instant fatal en faisant une partie de foot au parc avec les copains. Mais le cœur n'y était vraiment pas.

Il était presque sept heures. J'ai trouvé toute la famille au salon, installée devant la cheminée.

– Ah, te voilà, mon Léo! m'a salué papa. Qu'est-ce que tu fichais, bon sang? On t'attendait pour aller manger un hamburger chez Willy. C'est moi qui régale!

– Bof... Non merci, p'pa. Ça ne me dit rien.

– Tu as encore mal au ventre? m'a demandé maman.

– Non, ça va mieux.

– Alors quel est le problème? a-t-elle continué d'un air sombre. D'habitude tu es le premier partant pour aller chez Willy. Je vois bien que depuis cette nuit quelque chose ne tourne pas rond.

– Un chagrin d'amour? a plaisanté papa.

– Non.

Je me tortillais sur place en rongeant mes ongles. Maman s'est inquiétée un peu plus :

– Qu'est-ce qui ne va pas, mon petit Léo ?

– Faut que je vous parle, ai-je enfin lâché en sanglotant.

– Eh bien, vas-y ! m'a encouragé grand-père. On t'écoute.

Alors, j'ai commencé mon histoire. Ils m'ont écouté attentivement, ne perdant pas une miette de mon récit loufoque.

Au début, c'était difficile car j'avais la voix qui tremblait et aussi du mal à trouver mes mots. Puis, progressivement, c'est devenu plus facile et tout y est passé : la potion de Théo, la lettre et la poubelle. Et, pour finir, le récit de cette journée de classe mémorable.

Ils me toisaient sévèrement mais j'ai bien vu que grand-père essayait de dissimuler un sourire.

– Et maintenant, que comptes-tu faire ? a demandé maman d'une voix trop rugueuse à mon goût.

– J'en sais rien de rien. Tout ce que je peux vous dire c'est que j'ai une sacrée trouille d'être découvert.

– C'est la moindre des choses ! a ajouté maman. Tu ne t'attendais pas à des félicitations, je suppose ! Mais tu as bien fait de nous en parler.

Papa a renchéri :

– Oui, c'est vrai. C'est vraiment très bien. Cela prouve que tu es courageux et que tu nous accordes ta confiance.

Là, j'ai compris que j'étais sauvé. Que je m'en tirerais avec une punition du genre deux semaines sans console et sans télé. J'acceptais par avance, c'était un moindre mal.

Grand-père a déclaré :
– Il faut réfléchir très calmement à la situation. Il doit forcément exister une solution.
– Il y en a une et une seule, a tranché papa. Tout raconter au directeur de l'école.
– Oh non, papa ! Il va me…
– Ça suffit, Léo ! m'a interrompu maman. Tu n'as pas le choix. D'ailleurs ce n'est pas toi qui risques le plus, c'est Théo.
– Au fait, où est-il celui-là ? a questionné grand-père. Je vais le chercher. Lui aussi nous doit des explications.

Il a trouvé Théo dans son laboratoire et, quelques instants plus tard, ils sont remontés tous les deux.

Théo ne se souvenait visiblement pas de la lettre ni de ce qui s'était passé la veille. Mais ça, c'était à prévoir puisque à ce moment-là, il était sous l'emprise de son élixir.

Après une longue et difficile discussion – ce n'est jamais facile de parler avec Théo lorsqu'il est dans son état normal, presque aussi compliqué qu'avec mes poissons –, nous avons réussi à lui faire comprendre la situation.

Il n'était pas très fier non plus. Le pire pour lui était d'admettre qu'il avait pu se laisser aller à de telles gamineries à plusieurs reprises.

– Misérable ! Je ne suis qu'un misérable ! Un pauvre savant raté ! Un résidu de laboratoire ! Un reste de tube à essais ! Un incapable juste bon à multiplier les ennuis pour les autres.

– C'est vrai que tu as exagéré avec ta potion magique, l'a grondé grand-père.

Penaud comme un enfant pris en train de commettre une bêtise, Théo s'est excusé :

– Vous comprenez, j'ai mis au point cette préparation après l'histoire des lunettes. J'étais tellement triste et déprimé que je...

– Des lunettes ? Quelles lunettes ? l'a coupé papa.

– Celles qui permettent de voir à travers les murs, a expliqué Théo. Des espions me les ont volées !

Mes deux parents, en parfait accord, ont imité la grenouille :

– Quoi ???

– Je ne vous en ai pas parlé avant afin de ne pas risquer de vous inquiéter, a continué Théo.

J'avais raison : l'homme au feutre gris et celui à la casquette étaient des vrais espions.

Théo a poursuivi :

– Après le vol, j'ai ressenti une profonde tristesse. J'ai donc décidé de mettre au point un produit capable de remonter le moral aux gens qui, comme moi à ce moment-là, étaient déprimés. Mais je vous jure sur la tête d'Einstein que je ne me souviens pas de l'avoir déjà testé.

Maman l'a consolé :

– Inutile de jurer, Théo. Surtout sur la tête d'Einstein qui ne craint plus grand-chose. Nous te croyons.

Papa s'est affolé :

– Imaginez que cette potion tombe aux mains de ces fichus espions ! Vous vous rendez compte du mauvais usage qu'ils pourraient en tirer ? S'ils sont déjà venus, ils n'abandonneront pas si facilement !

Théo est devenu rouge de colère. Il n'avait jamais dû envisager une telle éventualité. À présent cela le mettait hors de lui. Il s'est fâché :

– Ah ça non ! Pas question ! Ce serait catastrophique si mon élixir faisait perdre aux gens le sens de la réalité !

Papa a ronchonné dans sa barbe :

– C'est bien les savants, ça ! Ils inventent, ils inventent sans se soucier le moins du monde de la façon dont on utilisera leurs découvertes.

Théo ne l'écoutait pas. Son visage s'est soudain détendu. Il venait de prendre une décision. Il a déclaré :

– C'est à moi de régler le problème !

– Toi ? s'est étranglée maman.

– Tout est ma faute, non ? Hors de question que Léo soit accusé à ma place !

– Mais comment vas-tu t'y prendre ? Tu ne…

Grand-père n'a pas terminé sa phrase. Théo s'était déjà levé pour partir.

Il est monté sur son vélo et a disparu dans la nuit tombante par le portail du jardin. Sans même nous consulter, nous sommes tous montés dans le break de papa afin de le suivre de loin…

Filature

La petite lumière rouge du feu arrière du vélo brillait dans la pénombre. Théo avait pensé à l'allumer : un miracle ! Il n'était pas facile à suivre. Il se faufilait entre les voitures sans leur accorder la moindre attention, un vrai trompe-la-mort. Ça klaxonnait, ça lançait des appels de phares, ça râlait, ça baissait les vitres pour lâcher des insultes.

Théo ne semblait pas s'en soucier et fonçait à grands coups de queue de poisson à travers la circulation. Avec lui, pas besoin de discrétion question filature. Il était du genre à ne pas s'apercevoir qu'il était suivi par une fanfare dans un couloir.

Grand-père avait déjà répété au moins quinze fois :

– Où va-t-il, bon sang? Où va-t-il?

À la seizième, j'avais répondu :

– Je crois qu'il prend la direction de mon école.

J'avais vu juste. Théo est descendu de son vélo pour rendre une brève visite à M. Leroux, le concierge. À peine deux minutes et il enfourchait son bolide pour foncer vers sa nouvelle destination.

Quelques rues plus loin, nous l'avons vu garer sa bicyclette et examiner les façades des immeubles. Il s'est arrêté devant le numéro 34 et, après une longue inspiration, il a sonné.

Il s'est penché sur l'interphone. J'imaginais le dialogue ! Parler en face à face avec Théo n'était déjà pas évident. Par interphone ce devait être pire que du langage codé.

Son mystérieux interlocuteur avait dû comprendre l'essentiel puisque, après une longue discussion, la porte a fini par s'ouvrir. Théo s'est engouffré dans l'immeuble.

Papa et moi, on est descendus de la voiture pour aller jeter un œil sur les sonnettes. C'était le meilleur moyen de découvrir chez qui Théo pouvait bien se trouver.

Papa a lu à haute voix la liste des occupants qui était placée trop haut pour moi.

– Agnès Suiglasse, Xavier Hillard, Caroline Chalat, Tadija Vussat, Jean-Marie et Gustave Lécléziot, Adolphe Follet…

– Hein ! me suis-je écrié. Follet ? Tu as bien dit Follet ?

Papa s'est assuré du nom en lisant une deuxième fois :

– Oui, Follet. Adolphe Follet. Tu connais ?

– C'est le directeur de mon école, papa !

– Ah oui, c'est vrai ! Je comprends mieux sa visite au concierge à présent. Théo est passé lui demander l'adresse du directeur.

Nous avons regagné la voiture et papa a expliqué la situation à maman et grand-père.

Au bout d'une heure, Théo n'était toujours pas redescendu. Je commençais à avoir froid aux pieds. Le chauffage de la voiture de papa était en panne depuis six mois et il disait chaque matin qu'il allait s'en occuper le lendemain.

Maman a râlé :

– Ce n'est pas possible ! Qu'est-ce qu'ils fichent là-dedans ? Je gèle, moi !

– Ça me rappelle le film policier que j'ai tourné l'année dernière, a raconté papa. Je jouais le rôle d'un inspecteur qui passait tout son temps en planque dans sa voiture en mangeant des sandwiches et en buvant de la bière. Tu t'en souviens, ma chérie, j'avais grossi de…

– Les voilà ! a crié grand-père.

En effet, Théo et M. Follet sont sortis sur le trottoir. Ils avaient l'air de charmante humeur car un grand sourire éclairait leur visage. Papa a baissé sa vitre pour essayer de saisir leur conversation mais nous n'avons réussi qu'à entendre quelques mots.

– Salut, Théo ! a dit joyeusement M. Follet en donnant une claque amicale sur le dos de mon oncle. Et n'oublie pas de repasser me voir un de ces quatre.

– Salut, Adolphe ! À bientôt, c'est promis !

Nous, dans la voiture, on était stupéfaits. Théo et M. Follet se tutoyaient et fraternisaient sur le pas de la porte ! Bizarre ! Très bizarre !

Une idée folle m'a traversé l'esprit. Et si ? Grand-père a eu la même :

– Nom d'une pipe ! J'espère qu'il n'a pas remis ça avec sa potion du bonheur ! Nous n'aurions jamais dû le laisser agir seul !

– Il ne nous a pas laissé le choix, lui a rappelé maman en se tripotant l'oreille.

Nous nous sommes tous dévisagés avec angoisse. Sans nous éterniser car Théo avait de nouveau sauté sur son vélo pour repartir de plus belle.

La filature a recommencé. Elle n'a pas duré bien longtemps cette fois. Théo a rangé son engin le long d'une grille que je ne connaissais que trop bien : on était devant chez Mlle Grisard. Je n'ai pas pu me retenir :

– C'est chez la Grise !

– Chez qui ? ont demandé les trois autres en même temps.

– Chez la Grise ! Enfin, chez mademoiselle Grisard ! Ma maîtresse, quoi !

Grand-père a rugi en saisissant la poignée de la porte arrière :

– Il faut absolument l'empêcher de commettre une nouvelle bêtise !

Trop tard : Théo avait déjà pénétré à l'intérieur du pavillon.

– Allons voir ce qui se passe là-bas, a proposé papa. On ne sait jamais…

On est entrés en silence par le jardin. Un volet ouvert laissait filtrer la lumière. Discrètement, nous nous sommes installés derrière la vitre pour ne pas perdre une miette du spectacle qui se déroulait sous nos yeux.

Théo et la Grise étaient paisiblement installés l'un à côté de l'autre sur le divan du salon. Ils papotaient, une tasse à la main, se dévorant des yeux. Jamais, à part ce matin bien sûr, je n'avais vu la Grise aussi souriante. Théo avait sûrement fait des siennes ! Il avait dû verser en cachette une ou deux gouttelettes de sa formule miraculeuse dans les tasses.

J'enrageais de ne pas pouvoir saisir la moindre de leurs paroles derrière la fenêtre. Ils sont restés assis à bavarder une bonne demi-heure puis Théo s'est levé pour prendre congé. Et alors-là, clou de la soirée, la Grise toujours aussi souriante a tendu sa main à Théo. Il y a déposé un baiser du bout des lèvres !

– Vite ! a chuchoté papa. À la voiture avant qu'il ne sorte. Dépêchons-nous !

Nous sommes remontés dans l'auto et avons attendu que Théo reprenne son vélo pour repartir. Quand nous avons été certains qu'il retournait à la maison, nous l'avons doublé pour y arriver avant lui.

Lorsque Théo est rentré, nous étions tous installés tranquillement dans le salon comme si nous n'en avions jamais bougé.

Grand-père ne lui a pas laissé le temps de souffler :

– Alors ? a-t-il interrogé.

– Quel or ? a répondu Théo.

Ça a énervé maman qui a demandé sèchement :

– Que s'est-il passé ?

– Tout va pour le mieux dans le meilleur des mondes, a déclaré Théo. L'affaire est arrangée ! Je m'en suis occupé. On n'en parle plus !

– Ah oui ? a grogné maman de plus en plus excédée. Et peut-on savoir comment tu t'y es pris ?

Théo s'est assis dans le vieux fauteuil plein de poils de Molière avant de raconter :

– En fait, ça a été très simple. Je suis passé à l'école de Léo pour me renseigner sur l'adresse du directeur et je me suis rendu chez lui. Et là, quelle ne fut pas ma surprise en découvrant Adolphe. Adolphe Follet ! Un ancien camarade de classe que j'avais perdu de vue. Nous avons discuté un moment et je lui ai tout avoué. Il m'a assuré qu'il pourrait s'arranger si Mathilde était d'accord.

– Mathilde ? s'est étonné papa.

Théo s'est embrouillé, rougissant jusqu'aux oreilles.

– Euh... oui... enfin... je veux dire mademoiselle Grisard, a-t-il dit. Je suis allé la voir et j'ai découvert une personne délicieuse. Nous avons passé ensemble un très agréable moment.

Je n'ai pas pu me retenir :

– Délicieuse ? La Grise !

Peut-être que le produit n'avait pas encore fini de faire effet ? Seul un sergent-chef instructeur de la pire espèce aurait pu trouver la Grise délicieuse.

Théo a insisté, l'air offusqué :

– Parfaitement, Léo. Délicieuse ! Et je pèse mes mots. D'ailleurs, je te prie de ne plus l'appeler de cette façon ignoble. Je lui ai tout raconté et elle a eu la bonté de me pardonner. Quant à toi, tu n'as plus rien à craindre, c'est arrangé. Mathilde est une femme sensible et compréhensive.

Si je n'avais pas été témoin de la scène, j'aurais juré craché qu'il s'était trompé de personne. À moins que la Grise ait une sœur jumelle ? Oui, c'est ça ! Il avait été reçu par la sœur jumelle de la Grise !

Grand-père a osé lui poser la question que nous avions tous sur le bout des lèvres :

– Tu n'as pas utilisé ta potion pour arranger les choses ?

– Mon élixir ? Bien sûr que non ! Je vais le détruire. Et sa formule aussi ! C'est une invention qui peut causer plus de mal que de bien. Sur ce, je vous souhaite une bonne nuit. Moi, je suis éreinté. Je monte me…

Des éclats de rire sonores en provenance du sous-sol l'ont interrompu. Nous nous sommes tous regardés avec stupeur.

Grand-père a réagi le premier et s'est précipité dans les escaliers. Nous lui avons emboîté le pas. Nous avons stoppé notre course devant la porte vitrée du laboratoire.

À l'intérieur, se déroulait un curieux spectacle…

Deux hommes, les voleurs de lunettes, étaient vautrés sur le sol, côte à côte. Ils pointaient du doigt, en riant de bon cœur, la gueule grande ouverte de Molière qui dépassait de la petite lucarne donnant sur le jardin.

– Regardez ! s'est exclamé Théo en nous désignant les débris de verre d'un flacon jonchant le sol.

C'était le récipient qui contenait sa potion. Les deux espions avaient profité de notre absence pour s'introduire dans le laboratoire. Ils s'étaient emparés du produit.

Lorsqu'ils avaient voulu ressortir, Molière avait pointé sa gueule par la lucarne. C'est à ce moment-là qu'ils avaient lâché le flacon rempli de potion. Évidemment, ils en avaient respiré une quantité énorme.

– Qu'est-ce qu'on fait ? a demandé maman.

– Le mieux est d'attendre, a suggéré grand-père. Pour l'instant, ils sont inoffensifs. De toute façon nous ne pouvons pas pénétrer dans la pièce tant que le produit ne se sera pas complètement volatilisé.

– Nous n'aurons aucun moyen de le savoir puisqu'il est inodore, a dit Théo. Non. Je vais enfiler ton vieux masque à gaz et les évacuer.

Quelques minutes plus tard, nos deux espions préférés étaient bien installés dans leur voiture. Elle est repartie à grands coups de klaxon, en zigzaguant dans la rue…

– Ce n'est pas très prudent, a regretté maman. Nous aurions mieux fait d'appeler la police.

– Surtout pas ! lui a expliqué grand-père. Théo aurait eu un tas d'ennuis. Il aurait fallu fournir des explications beaucoup trop compliquées.

En tout cas, nous n'avons jamais revu les deux énergumènes. Peut-être que la dose trop forte de potion magique leur a fait oublier notre existence ?

Super Théo

– Tu vois, mon petit Léo, m'expliquait papa, le coup de foudre c'est quand un homme et une femme tombent raides dingues amoureux l'un de l'autre. La première fois qu'ils se rencontrent : BANG ! Un peu comme la foudre s'abat sur un des arbres d'une forêt. Un arbre parmi des milliers d'arbres. Pourquoi celui-là, hein ? Pourquoi ? C'est la vie, tu comprends. Le destin. Ou appelle ça comme tu voudras. Mais...

– Chut ! lui a intimé maman. Théo va parler.

Là-haut, juché sur son estrade, oncle Théo s'est approché du micro. Il s'est raclé la gorge avant de commencer son discours :

– Madame le ministre de la Recherche, mesdames, mesdemoiselles et messieurs, mes chers amis ici présents, c'est avec joie et fierté que j'ai l'honneur de recevoir aujourd'hui le prix Isaac Newton qui récompense l'invention essentielle de l'année. Je voudrais remercier devant vous ceux qui, par leur présence et leur soutien quotidien, m'ont aidé à l'obtenir.

En premier lieu, mon épouse Mathilde. Mon père, ma sœur et son mari... mais aussi et surtout mon neveu Léo sans qui rien ne serait arrivé.

Des dizaines de visages se sont tournés vers moi. Je me suis senti rougir jusque dans mes chaussettes. Maman m'a adressé un clin d'œil tandis que Théo continuait son discours sur un ton plus grave :

– Je tiens ici à rappeler à tous les scientifiques qui m'écoutent qu'ils portent en eux de fabuleux pouvoirs. C'est d'eux que dépend l'avenir de l'humanité. Ils peuvent tout aussi bien anéantir notre planète que consacrer leur temps et leur énergie à vaincre les fléaux qui sévissent encore au XXIe siècle : la maladie, la famine, la misère...

Un tonnerre d'applaudissements a salué les paroles de Théo qui est reparti s'asseoir à côté d'une Mathilde radieuse.

Mathilde. Au début, j'ai eu du mal avec le prénom et je devais me contrôler sévèrement pour ne pas gaffer et lâcher le « La Grise » qui me venait naturellement. Aujourd'hui, je n'y fais même plus attention.

Je les ai observés, au premier rang sur ma gauche. Mathilde réajustait consciencieusement le nœud papillon d'un Théo docile.

Elle était loin, la soirée où ils s'étaient rencontrés pour la première fois, ce fameux jour, lorsque nous avions pris Théo en filature. Ils s'étaient revus souvent. Quand je passais devant chez Mathilde, j'apercevais régulièrement le vélo de mon oncle.

Et, un beau soir d'été, alors que papa essayait pour la quatrième fois d'allumer le barbecue, Théo l'a invitée à la maison et nous a annoncé :

– Mathilde et moi, nous allons nous marier.

– Magnifique ! s'est exclamé grand-père.

– Félicitations ! ont repris d'une même voix papa et maman.

La Gri... euh, je veux dire Mathilde était méconnaissable. Je ne l'avais pas revue depuis l'épisode mémorable de la lettre. Elle n'avait pas repris les cours et nous avons terminé l'année scolaire avec Mme Durand, une chouette maîtresse qui adorait le cinéma et nous passait des DVD à la moindre occasion.

Mathilde avait échangé ses tailleurs ridicules contre une jolie robe à fleurs et avait renoncé au chignon, cette ignoble boule de cheveux qui accentuait son aspect vieille bique. Ses longs cheveux tombaient à présent en cascade sur ses épaules. Mais, le plus spectaculaire dans sa métamorphose, c'était cet air détendu, souriant, heureux quoi !

Pendant que Théo partait dans son atelier à la recherche d'un produit pour enflammer le charbon de bois du barbecue, nous avons un peu discuté :

– Tu sais, Léo, pour moi, l'école, c'est terminé. Je donne des cours de musique à la maison.

– De violon ?

– Oui et d'autres instruments. Je joue aussi du piano et du clavecin.

Elle s'est interrompue quelques secondes, songeuse, avant de reprendre :

– Lorsque j'étais étudiante, mon frère Luc et moi nous jouions dans un orchestre symphonique. C'était notre passion, notre raison de vivre. Il y a une quinzaine d'années, Luc est mort dans un accident de voiture, percuté par un camion, en revenant d'un concert auquel je n'avais pas pu participer. Sinon, j'aurais été présente dans la voiture et, qui sait, peut-être aurions-nous un peu retardé notre départ et… Je n'ai plus sorti mon violon depuis ce jour-là. Et comme il fallait bien que j'aie un métier, je suis devenue institutrice. Une piètre maîtresse, je le reconnais. Mais, ce fameux jour, à l'école, je me suis rendu compte que j'avais emprunté la mauvaise route. La musique est essentielle dans ma vie et…

Je n'en ai pas su davantage. J'ignore ce que Théo avait utilisé en guise d'allume-feu mais le barbecue venait d'exploser et gisait éventré dans la pelouse. C'était cuit pour les côtelettes !

Après le mariage, Théo s'est installé chez Mathilde. Je passe les voir de temps en temps. Elle donne ses cours de musique tandis que lui se consacre à sa nouvelle passion : la biologie végétale.

Il est devenu le savant de l'année dans ce domaine puisqu'il a créé une nouvelle espèce de céréale capable de pousser dans le désert. C'est pour cela qu'on lui décerne aujourd'hui le prix Newton. Cette invention va éviter à des milliers de personnes de mourir de faim. Vous imaginez le progrès ?

Moi, je viens de prendre une grande décision : je vais m'installer dans l'ancien atelier de Théo. C'est vraiment trop bête que les instruments qu'il y a laissés ne servent plus.

Dès ce soir, j'y descendrai mes tortues, mes lézards et mes poissons rares.

J'ai des projets plein la tête. Je crois qu'en premier, je me consacrerai à un truc qui me tient à cœur depuis longtemps. Au foot, j'ai un jeu de tête lamentable à cause de ma détente proche de zéro. Je me demande s'il serait possible de fabriquer des ressorts à l'intérieur des crampons de mes chaussures.

Il faut que j'en parle à Théo, il saura sûrement me conseiller.

TABLE DES MATIÈRES

L'AUTEUR

Gilles Fresse est né dans une petite ville des Vosges en 1960. Il y a passé son enfance parmi les sapins.
Instituteur et comédien amateur, il crée voici quelques années un atelier théâtral pour enfants. Il écrit alors des pièces qu'il met en scène. Touché par le virus de l'écriture, il aime écrire des romans drôles et haletants.
Marié et père de deux enfants, il vit dans un petit village lorrain riche en vieilles pierres. Il partage son temps entre l'écriture, le théâtre et… l'école.

L'ILLUSTRATEUR

Thierry Christmann est né en 1964 en plein milieu des grandes vacances. Pourtant, depuis qu'il est illustrateur, il n'aime plus trop les vacances. Dès qu'il a un petit moment de libre entre deux livres à illustrer, il en profite pour dessiner ou pour lire des romans qu'il n'a pas à illustrer. De temps en temps, il se rend dans des écoles pour créer des histoires et en imaginer les dessins avec les élèves.
Sinon il habite Strasbourg et a deux garçons, Robinson et Léo.

DANS LA MÊME COLLECTION

à partir de huit ans

L'amour c'est tout bête, G. Fresse.
B comme Amour, N. Denes.
Une baleine sur la plage de Saint-Malo, R. Judenne.
Le blog des animaux, M. Cantin.
Une certaine Clara Parker, S. Valente.
La chambre des chats, M. Freeman.
Mon chat mes copines et moi, M. Cantin.
Chien riche, chien pauvre, K. Cave.
Mon chien va à l'école, C. Cahour.
Le club des animaux, M. Cantin.
Comment devenir parfait en trois jours, S. Manes.
Comment je suis devenue grande, B. Hammer.
Confidences entre filles, F. Hinckel.
Les disparus de Fort Boyard, A. Surget.
La drôle de vie d'Archie, A. Laroche.
L'été des jambes cassées, C. Le Floch.
Expert en excuses, K. Tayleur.
Expert en mensonges, K. Tayleur.
Le fils des loups, A. Surget.
Fils de sorcières, P. Bottero.
La grande évasion des cochons, L. Moller.
L'hiver des gros ventres, C. Le Floch.
Le jour où j'ai raté le bus, J.-L. Luciani.

Mon journal de guerre, Y. Mauffret.
La lettre mystérieuse, L. Major.
La maison à cinq étages, G. McCaughrean.
Où sont les animaux ?, D. Nielandt.
La petite fille qui vivait dans une grotte, A. Eaton.
La plus grosse bêtise, É. Brisou-Pellen.
Ma première fête surprise, N. Charles.
Ma première soirée pyjama, N. Charles.
Mon premier week-end sans parents, N. Charles.
Le prince de mes rêves, R. Flynn.
Princesse en danger, P. Bottero.
Le ranch des mustangs : Cheval de feu, S. Siamon.
Le ranch des mustangs : Cheval de nuit, S. Siamon.
Le ranch des mustangs : Cheval rêvé, S. Siamon.
Le ranch des mustangs : Cheval sauvage, S. Siamon.
Au royaume des dinosaures, R. Judenne.
Une potion magique pour la maîtresse, G. Fresse.
Une sorcière à la maison, V. Petit.
Un vampire à l'école, Y.-M. Clément.
Vive les punitions !, G. Jimenes.
Le vrai prince Thibault, É. Brisou-Pellen.
La vraie princesse Aurore, É. Brisou-Pellen.
Zanzibar toi-même !, C. Couprie / G. Magro.

Retrouvez la collection
Rageot Romans
sur le site www.rageot.fr

Dans ce titre est utilisée la typographie WC ROUGHTRAD, © WC Fonts®.

Achevé d'imprimer en avril 2009
par Maury-Imprimeur en France
Dépôt légal : juin 2009
N° d'édition : 4950 - 01
N° d'impression : 146314